CHARLES SELLIER

—

L'Hôtel de Chevreuse

ou de Luynes

—

Extrait de la *Correspondance historique et archéologique*

(Année 1900)

—

SAINT-DENIS

IMPRIMERIE H. BOUILLANT

20, RUE DE PARIS, 20

—

1900

CHARLES SELLIER

L'Hôtel de Chevreuse

ou de Luynes

Extrait de la *Correspondance historique et archéologique*

(Année 1900)

SAINT-DENIS

IMPRIMERIE H. BOUILLANT

20, RUE DE PARIS, 20

1900

L'HOTEL DE CHEVREUSE

ou

DE LUYNES

L'hôtel qu'on vient de démolir au n° 201 du boulevard Saint-Germain (*alias* rue Saint-Dominique n° 33), vaut mieux qu'une simple mention de fait divers : au double point de vue de l'art et de l'histoire, le souvenir de son passé mérite d'être retracé et conservé.

Cet hôtel fut construit sur les dessins de Pierre Lemuet (1), pour Marie de Rohan-Montbazon, duchesse de Chevreuse, en l'an 1650 (2), c'est-à-dire en pleine Fronde. En ce temps-là, toujours jolie, malgré ses cinquante ans, et plus habile en fait d'intrigues que Mazarin lui-même, la duchesse de Chevreuse trouvait-elle trop étroit, pour recevoir la suite nombreuse de ses partisans et de ses adorateurs, son hôtel de la rue Saint-Thomas du Louvre, qu'elle tenait de son premier mari, le connétable de Luynes? Ou mieux, prévoyait-elle déjà la nécessité

(1) Pierre Lemuet, architecte ordinaire du roi, né en 1591, mort en 1669, acheva l'église du Val-de-Grâce, commencée par François Mansard, bâtit les hôtels de Mesme ou d'Avaux, de l'Aigle et du président de Tubeuf; on lui doit aussi les châteaux de Tanlay, de Chavigny, en Touraine, de Pont, en Champagne, etc.

(2) J.-F. Blondel, *Architecture françoise*, 1752, t. 1er, p. 255.

de songer, sinon à une retraite définitive, du moins à une résidence éloignée des effervescences populaires du centre de la ville, où elle fût plus en sûreté contre les surprises des événements? Nous l'ignorons encore.

Quoi qu'il en fût, le terrain sur lequel elle vint planter son dernier pignon dépendait de la paroisse de Saint-Sulpice, et faisait partie de l'ancien fief rural de l'abbaye de Saint-Germain-des-Prés, qui devint par la suite le noble faubourg. Auparavant, ce terrain avait été une voirie, appelée *l'Écorcherie*, que les bouchers du bourg Saint-Germain avaient prise à bail de l'abbaye en 1516. Dès 1634, les environs étant couverts de maisons, il fallut supprimer la voirie; puis son emplacement, réuni à celui d'une tuilerie contiguë, constitua le pourpris du nouvel hôtel de Chevreuse (1). Lorsque la construction de cette demeure fut entreprise, il n'y avait pas longtemps que les religieux de Saint-Thomas d'Aquin, récemment établis dans le voisinage, avaient obtenu la permission de substituer le nom du patron de leur ordre au primitif et rustique vocable du chemin qui conduisait aux pâtis de Grenelle, en plaçant, à ses deux extrémités, des tablettes de marbre avec cette inscription : *rue Saint-Dominique, jadis des Vaches* (2). L'hôtel de la belle Marie de Rohan fut assurément l'un des premiers construits dans ces parages écartés; et c'est vraisemblablement vers l'année 1657, mais non plus tard assurément, qu'elle y vint s'établir définitivement : cette date coïncide, en effet, avec la mort de son second mari, Charles de Lorraine, duc de Chevreuse, et la vente de son hôtel de la rue Saint-Thomas-du-Louvre à Bernard de Nogaret, duc d'Epernon (3).

Il paraît cependant que les dernières années de la fameuse duchesse ne s'écoulèrent pas rue Saint-Dominique. Revenue, avec l'âge, des vanités de ce monde, sa vieillesse se passa, dit-on, dans la retraite la plus austère. Retirée depuis longtemps à la campagne, non pas à son château de Dampierre, qui lui eût

(1). A. Berty et L. M. Tisserand, *Topographie historique du Vieux Paris*, t. III, pp. 88, 89; t. IV, pp. 37, 133.

(2) A. Berty et L. M. Tisserand, loc. cit., t. III, pp. 86, 87; Jaillot, t. V, *Quartier Saint-Germain*, p. 37.

(3) A. Berty, *Topographie historique du Vieux Paris*, t. Ier, p. 103.

trop rappelé les jours brillants de sa vie passée, mais dans une modeste habitation, dépendant du prieuré de Saint-Fiacre de la Maison-Rouge, à Gagny, près de Chelles; c'est là que l'altière frondeuse d'antan, devenue la plus humble des femmes, attendit sa dernière heure, et qu'elle mourut sans bruit, à l'âge de soixante-dix-neuf ans. Elle fut enterrée dans la petite et vieille église de Gagny : son épitaphe dit qu' « elle défendit qu'on fit revivre à sa mort la moindre marque de sa grandeur (1). »

Mme de Chevreuse n'ayant point eu d'enfants de son second lit, son hôtel passa, après sa mort, aux mains de Louis-Charle s d'Albert, duc de Luynes, fils aîné de son premier mari, qui y habitait déjà depuis l'année 1662. En ce temps-là, il y logeait et employait, comme secrétaire, un jeune poète, ancien élève de Port-Royal, Jean Racine, que ses protecteurs désiraient voir entrer dans les ordres ou dans la magistrature, mais qui ne songeait guère qu'à faire des vers. Après avoir terminé ses études au collège d'Harcourt, il était entré, en 1659 ou 1660 — il avait alors vingt ans —, chez M. de Luynes (2), sous les auspices d'un sien parent, oncle à la mode de Bretagne, qui était intendant du duc et s'appelait Nicolas Vitart. Il semble que Racine ne rencontra pas, tout d'abord, chez M. de Luynes, grand ami et collaborateur zélé des jansénistes, tous les encouragements que réclamait son goût invétéré pour la poésie; il y était fort surveillé et sermonné par ses anciens maîtres. Mais il ne tenait pas grand compte de leurs exhortations, et n'en continuait pas moins à faire des vers ; seulement, il les faisait en cachette, et ne les montrait qu'à des confidents dont il était sûr, notamment à l'abbé Levasseur, à qui son oncle Vitart, qui ne fut pas toujours pour lui un Mentor bien sévère, l'avait particulièrement recommandé. Pendant une absence de l'abbé Levasseur, il lui écrivait : « Ne pouvant vous consulter, j'étais prêt à « consulter, comme Malherbe, une vieille servante qui est chez « nous, si je ne m'étais aperçu qu'elle est janséniste comme sor

(1) Victor Cousin, *Madame de Chevreuse*, Paris, 1869, in-8°, pp. 328, 329. — F. de Guilhermy, *Inscriptions de la France*, t. V, pp. 274, 275.
(2) Alors que M. de Luynes demeurait encore à son hôtel de la rue Gît-le-Cœur.

« maître, et qu'elle pourrait me déceler : ce qui serait ma ruine
« entière, vu que je reçois tous les jours lettre sur lettre, ou plutôt
« excommunication sur excommunication, à cause de mon triste
« sonnet. » On ignore jusqu'à quelle date le futur auteur de
Phèdre et d'*Athalie* demeura à l'hôtel de Mme de Chevreuse (1).

Malgré son rigorisme de janséniste, le duc de Luynes,
pourvu d'une dispense du pape, avait convolé, en secondes
noces, avec Anne de Rohan-Montbazon, qui était à la fois sa tante
et sa filleule. Mais ce mariage choquait tellement les principes
de ses amis de Port-Royal qu'il dut se brouiller avec eux. Leurs
anathèmes n'empêchèrent cependant pas sa deuxième épouse de
procéder, le 5 mars 1683, à la pose de la première pierre de
l'église conventuelle de Saint-Thomas d'Aquin, située en face de
'hôtel de Luynes (2).

Après la mort du duc de Luynes, arrivée en 1690, sa demeure
revint à son fils aîné, Charles-Honoré d'Albert de Luynes, duc
de Chevreuse, pour l'éducation duquel Nicole et Arnauld
avaient, paraît-il, écrit leur *Logique*. Il avait été marié, en 1667,
à une fille de Colbert. A cette occasion, son aïeule paternelle, la
duchesse de Chevreuse, lui avait donné la terre de ce nom,
qu'après la mort de son second époux elle avait obtenue pour
ses reprises, et qui fut alors érigée tout exprès en duché hérédi-
taire : c'est ce qui explique pourquoi son petit-fils prit le titre de
duc de Chevreuse. Depuis ce temps, il y eut dans sa descendance
deux duchés, celui de Luynes et celui de Chevreuse. Le père et
le fils aîné portaient chacun un de ces deux titres, et le fils
devenu chef de famille gardait celui qu'il portait du vivant de
son père (3). Par suite, l'hôtel familial subit dès lors la même
alternation dénominative : c'est pourquoi l'on voit cette demeure
désignée, sur les plans de Jouvin de Rochefort (1690) et de
Nicolas de Fer (1697), sous le nom d'*hôtel de Chevreuse*; sur les
plans de La Caille (1714) et de Turgot (1739), sous le nom

(1) Voir la notice biographique sur Jean Racine publiée par M. Paul
Mesnard en tête des *Œuvres complètes de Jean Racine*, de la collection
des *Grands Écrivains de France*.

(2) Piganiol de La Force, *Description historique de la Ville de Paris*
(1765), t. VIII, p. 139.

(3) Firmin Didot, *Nouvelle biographie générale*, t. XXXII, col. 357.

d'*hôtel de Luynes*; puis, quelques fois, sous la double appellation d'*hôtel de Luynes ou de Chevreuse*. Enfin, le duc de Chevreuse étant mort à son tour, en 1712, l'hôtel est resté sans interruption dans sa postérité jusqu'à présent.

Mais il était déjà devenu trop petit pour ses héritiers, car il subit, vers 1715, des agrandissements considérables. Dans son *Architecture française* (t. Ier, p. 255), François Blondel nous apprend qu'à cette époque la façade sur les jardins fut portée de 25 toises à 32, et les communs augmentés de nouvelles écuries, de remises, d'un manège découvert, etc. Le jardin, agréablement distribué et d'une belle étendue, ne mesurait pas moins de 26 toises de profondeur sur environ 45 de largeur, et se composait de parterres, de bosquets et de cabinets de verdure. Extérieurement, cet hôtel, qu'indiquait son fronton superbement armorié (1), pouvait se recommander par l'ordonnance large et magistrale de son ensemble, par la symétrie et les proportions de ses diverses parties, comme par la sobriété de son ornementation : caractères saisissants du style de cette époque. On y constatait une fois de plus combien la beauté de l'appareil et l'art de profiler sont essentiels dans l'architecture, puisque l'application seule de ces deux principes a pu suffire pour imprimer aux façades des aristocratiques habitations du dix-septième siècle ce grand air de noblesse, non dépourvu sans doute de froideur et de sévérité, mais auquel ne saurait être avantageusement comparée l'affectation de grâce et d'élégance, dont le style du siècle suivant est plus particulièrement empreint.

A l'intérieur, la magnificence des appartements était non moins intéressante. Le grand escalier, d'aspect monumental, avec sa rampe à balustres de pierre, était surtout remarquable par les peintures qui en ornaient les murs et l'entouraient d'une sorte de décor architectural qui semblait le compléter avec le plus heureux effet de coloris et de perspective. Elles représentaient une suite de terrasses, bordées de balcons, portant sur un soubassement à refends et bossages, meublé de bas-reliefs et de

---

(1) On sait que les d'Albert de Luynes portaient d'or au lion de gueules armé, lampassé et couronné de même (voir le P. Anselme).

statues à l'antique. De superbes portiques d'ordre corinthien couronnaient ces terrasses et formaient péristyle d'accès à un palais central dont la façade se détachait, à ses deux extrémités, sur le ciel bleu et les riantes frondaisons d'un parc. Dans les entre-colonnements, d'élégants personnages, nobles dames et cavaliers, en costumes de fête galante, du genre Watteau, groupés dans des attitudes diverses et gracieuses, paraissaient occupés à regarder monter les arrivants. Ces peintures, qui étaient à l'huile et appliquées à même la pierre, avaient été exécutées, en 1748, par Brunetti, père et fils, artistes-décorateurs, alors fort appréciés. Nous ignorons encore si, pour l'exécution des figures, ils eurent en cette circonstance quelque collaborateur, comme Soldini, entre autres, un ancien élève de Boucher qui, quelques années plus tard, travailla avec eux à la décoration de l'hôtel du maréchal Richelieu, rue Neuve-Saint-Augustin. Mais c'est bien possible, car, jusqu'à présent, les Brunetti ne sont guère connus que comme peintres d'architecture (1).

Au dire de Guilhermy, l'hôtel de Luynes, mieux que tout autre, rappelait enfin ces anciennes demeures où les grands seigneurs d'autrefois, protecteurs nés des arts, se plaisaient à réunir des livres, des tableaux, des curiosités de toute espèce (2).

On peut s'en faire une idée par les descriptions que nous ont

(1) F. Blondel, *loc. cit.*, t. Ier, p. 255; *Mémoires du duc de Luynes* (Paris, Didot, 1860-1865, t. XI), pp. 388-389. — Brunetti (Gaétan), peintre lombard, qui eut un talent spécial pour peindre l'architecture, est mort en 1758, et a laissé un fils qui devint habile dans le même genre. En outre des peintures de l'escalier de l'hôtel de Luynes, les Brunetti ont exécuté les travaux suivants : les décors d'architecture et d'ornements de la chapelle de l'hôpital des Enfants trouvés, en la Cité; le grand salon de l'hôtel de Pontchartrain, sur les murs duquel ils ont peint des colonnes toscanes ; le décor d'architecture de l'hôtel de Richelieu, rue Neuve-Saint-Augustin (là, les figures ont été peintes par Soldini) ; l'escalier de l'hôtel de Soubise, où ils peignirent, en manière de trompe l'œil, des figures, des colonnes, des masques et d'autres objets d'ornement; la décoration des appartements du premier étage de l'hôtel de Rohan : la salle à manger était entièrement peinte en grisaille. La fresque, représentant *un temple en perspective avec colonnes et frise,* dans la chapelle des morts de l'église Sainte-Marguerite (XIe arrond^t), est de Brunetti fils. (Voir Dezallier d'Argenville, *Voyage pittoresque de Paris* (1778), p. 22, 157, 160, 223, 227, 228, 254 et 436).

(2) F. de Guilhermy, *Itinéraire archéologique de Paris*, pp. 384, 385.

laissées les auteurs de *Guides* ou de *Descriptions* de Paris de la fin du siècle dernier. Suivant Thiéry (1), qui semble avoir fourni, à cet égard, les plus amples renseignements, on voyait à l'hôtel de Luynes, dans la chambre du dais, en face de la cheminée, le *portrait de Mme la duchesse de Nemours*, par Hyacinthe Rigaud; le *duc de Chevreuse, enfant*, par le même; un *tableau de famille*, peint par Benoît le Romain; deux *sujets d'histoire*, par Restout; deux *batailles*, par Parrocel; l'*Enlèvement des Sabines*, par Jourdain; l'*Inauguration de la statue de Louis XV par M. le duc de Chevreuse*, de Van Blareimberg; deux *sujets d'histoire*, par Natoire, servant de dessus de porte. De cette pièce on passait au salon, magnifiquement meublé en lampas, au milieu duquel pendait un superbe lustre de cristal de roche; quatre dessus de porte, dont les sujets en costumes russes avaient été peints par Renou, puis une tapisserie, exécutée aux Gobelins, d'après le tableau de Leprince, complétaient la décoration de cette pièce (2). La chambre à coucher de parade était en suivant; elle avait été décorée sur les dessins de M. Moreau, architecte du roi, et partout la dorure y resplendissait; le meuble, ainsi que le lit et la tenture du fond de l'alcôve, étaient en satin brodé. Un beau cabinet faisait suite à cette pièce et était rempli de tableaux des meilleurs maîtres. On y voyait *Circé métamorphosant les compagnons d'Ulysse en pourceaux*, par Benedette Castiglione; l'*Enlèvement d'Europe*, par Rembrandt; deux tableaux de Jean-Paul Panini : *Saint Paul prêchant à Malte* et *le même prêchant aux Corinthiens*; un tableau par un maître inconnu, représentant des *Espagnols*; quatre tableaux de David Téniers, dont la *Tentation de saint Antoine*, une *Noce de village*, une *Femme dans son ménage*, et le dernier, appelé *les Rats de Téniers*; trois tableaux de Corneille Ploëmbourg : des *Baigneuses*, une *Conversation* et une *Fuite en Égypte*; trois tableaux de Wouwermans; deux *Combats de cavalerie*, par Van der Meulen; un tableau de Paul Brill représentant *Saint François recevant les*

(1) Thiéry, *Guide des amateurs et des étrangers voyageurs à Paris* (1787), t. II, p. 557-531.

(2) Watin fils, *État actuel de Paris ou le provincial à Paris* (1787), quartier Saint-Germain, 2e partie, p. 86.

stigmates, sur un fond de paysage ; trois tableaux de Peter Neefs, *Intérieurs d'églises* ; deux tableaux de Huctembourg, élève de Wouwermans ; deux autres de Matifas et deux de Snaërs ; l'*Enlèvement d'Europe* et *Jacob se faisant reconnaître par Rachel*, de François Le Moyne ; un tableau de Restout ; une *Chasse aux tigres*, par Parrocel fils ; trois tableaux de Noël Coypel et un d'Antoine Coypel ; *Diane surprise au bain*, par Natoire ; *Bacchus et Ariane*, par Pierre ; *Jésus-Christ dans le désert*, par Philippe de Champagne ; une *Nativité*, par Carle Vanloo ; l'*Intérieur d'un ménage*, par François Boucher ; deux tableaux de Chardin ; un de Watteau ; un de Jeaurat ; deux tableaux de Le Prince ; un autre de Robert ; une *Marine*, peinte sur cuivre, par Vernet ; un *Paysage* de Jean Asselin ; deux tableaux de Pinacker, et quatre *sujets historiques*, par le chevalier de Channes.

Attenant à cette pièce était un joli boudoir, par lequel on communiquait d'abord à une salle ornée de portraits de guerriers célèbres, puis à la chambre ordinaire de M. le duc de Luynes. De cette dernière on passait dans la *Bibliothèque* qui occupait la galerie et le cabinet faisant suite, par où l'on pénétrait dans une autre galerie, plus grande, éclairée par le haut, et formant un superbe *Cabinet d'histoire naturelle*. Cette pièce était garnie dans tout son pourtour d'armoires fermées par des glaces, contenant des mannequins revêtus de costumes indiens, chinois et autres, des armes anciennes et modernes de diverses contrées, des coraux, des madrépores et des collections de minéraux bien choisis et de toutes sortes. Un modèle de vaisseau de soixante-quatre canons, avec tous ses agrés et réduit à l'échelle de cinq lignes pour un pied, occupait l'armoire du milieu. Dans une autre armoire était renfermé un beau médaillier rempli de médailles et de monnaies anciennes d'or, d'argent et de bronze ; dans une autre, on pouvait admirer une fort belle coupe d'ambre, d'un seul morceau et d'un volume considérable, ornée de figures d'enfants et de rinceaux sculptés à même la matière. Puis c'étaient encore des collections de cristaux, de pierres fines et précieuses, de fossiles, de marbres, d'albâtres, etc. ; puis, des pièces d'argenterie des Indes en filigrane ; puis des instruments de physique et d'optique. On avait aussi réuni là tous les échantillons du règne animal et végétal : oiseaux empaillés, plantes desséchées, coquilles, pièces d'anatomie, etc. Dans les voussures du plafond, on voyait accrochés de grands lithophytes, des tortues, des serpents, des poissons, des cornes de bouquetins et d'élans, etc., etc. Enfin, deux conducteurs électriques en fer-blanc, de neuf pieds de long et fixés au plafond, communiquaient à une puissante machine électrique, dont le plateau ne mesurait pas moins de trente-quatre pouces de diamètre, et qui était placée au milieu de la pièce, directement au-dessous de ces conducteurs. A l'extrémité de cette galerie se trouvait un *Laboratoire de chimie* garni de tous ses ustensiles et d'un droguier.

Au temps de la Révolution, l'hôtel appartenait à Louis-Joseph-Charles-Amable d'Albert, duc de Luynes, ex-maréchal de camp et colonel-général de dragons, sous l'ancien régime. Nommé, en 1789, député aux États-généraux par la noblesse de Touraine, ce duc de Luynes opta bientôt pour le tiers-état et vota avec la majorité. Il n'émigra point, et, dès 1792, il se réfugia à son château de Dampierre, où il se tint coi jusqu'au 18 brumaire. Ses biens ne furent pas confisqués; cependant son hôtel fut, sous le Directoire, mis à la disposition du citoyen Baudin, qui y installa une crèche payante pour les enfants de quinze mois à sept ans (1). Sous le Consulat, il y logea un ancien député de la Convention et évêque constitutionnel, l'ex-abbé Henry Grégoire, devenu son collègue au sénat conservateur (2).

Vers 1877, le portail, ainsi que les deux tiers de la cour et des avant-corps de l'hôtel de Luynes, furent emportés, au nom de l'impitoyable et stupide ligne droite, par le prolongement du boulevard Saint-Germain, tandis que l'amorce du boulevard Raspail entamait d'autre part son magnifique jardin. Ce fut le commencement de la fin de cette belle et vénérable habitation, dont les façades, tronquées, mutilées, puis transformées et modernisées, prirent désormais cette pauvre et banale physionomie

(1) Ed. et Jules de Goncourt, *La société française sous le Directoire*, p. 21.
(2) *Almanach national de 1803*; Fréd. Lock, *Dictionnaire topographique et historique de l'ancien Paris*, p. 355.

qui caractérise si bien encore le goût de notre temps, mais qui ne fit que mieux regretter leur simple mais grandiose aspect d'antan.

Cependant, « nous revoyons encore par l'esprit, dit l'aimable « auteur de *Mon vieux Paris*, l'immense cour et, tout autour, ces « dépendances qui s'étendaient à l'aise : à gauche, la chambre « du portier, une petite cour, une remise à carrosses, une « chambre de concierge, une basse-cour ; à droite, les communs, « le garde-manger, les cuisines, les salles du commun, la som- « mellerie. Tout cela était vaste, aéré, disposé pour recevoir cette « armée de valets de tout genre qu'un grand seigneur entrete- « nait à ses dépens, sans savoir, la plupart du temps, le nom- « bre de gens qu'il employait. C'est la disparition de tout ce « monde affairé, bruyant, empressé à faire croire qu'il travaillait « à quelque chose, qui explique l'impression de profonde tris- « tesse qui vous enveloppe maintenant dès qu'on franchit le « seuil de ces demeures, qui semblent abandonnées même lors- « qu'elles sont habitées (1). »

Les démolitions de 1877 avaient néanmoins respecté le bâtiment principal avec plusieurs salons du dix-septième siècle, sa salle à manger décorée de compositions d'Hubert-Robert, et son grand escalier entouré des peintures de Brunetti (2), qui avaient été restaurées en 1843 (3), et étaient restées, jusqu'à présent, l'unique et dernier spécimen du genre. N'empêche que les derniers héritiers des Chevreuse et des Luynes semblaient ne plus trouver de leur goût le vieil hôtel ancestral ainsi conservé ; depuis nombre d'années, ils ne l'occupaient plus et le louaient à des particuliers. Ils viennent enfin de le faire abattre complétement pour bâtir à la place plusieurs maisons de rapport, sans avoir, malheureusement, gardé, quant à présent, le moindre souci de la conservation de l'œuvre de Brunetti, car il n'en restera plus d'autre souvenir que les reproductions photographiques exécutées récemment pour le musée Carnavalet et la Commission du Vieux Paris ; quant à l'aspect extérieur et la composition

(1) Édouard Drumont, *Mon vieux Paris*, t. Ier, pp. 68-69.
(2) A. de Champeaux, *L'art décoratif dans le vieux Paris*, p. 113.
(3) Lance, *Dictionnaire des architectes français*, t. II, p. 55.

intérieure de cette demeure, il faudra désormais s'en rapporter aux planches gravées, il y a cent cinquante ans, par Marot, père et fils, et par François Blondel (1), c'est-à-dire à quelques images plates et linéaires. *Sic transit gloria mundi.*

CHARLES SELLIER.

(1) Marot, père et fils, *L'architecture françoise, recueil des plans, élévations, etc., des édifices, palais. hôtels, etc. de France*, Paris, 1751, in-f°; François Blondel, *loc. cit.*

SAINT-DENIS

IMPRIMERIE H. BOUILLANT

20, RUE DE PARIS, 20